Süßes Lied

Leïla Slimani

LEKTÜRE HILFE

Süßes Lied

Leïla Slimani

Verfasst von Florence Dabadie
Übersetzt von Gerda Fischer

LEÏLA SLIMANI

FRANZÖSISCH-MAROKKANISCHE JOURNALISTIN UND ROMANAUTORIN

- **Geboren 1981 in Rabat (Marokko)**
- **Einige ihrer Werke:**
  - *Im Garten des Ogers* (2014), Roman
  - *Sex und Lüge* (2017), Essay

Leïla Slimani stammt aus einer marokkanischen, französischsprachigen Familie und gehört einem wohlhabenden Milieu an. Ihr Vater ist ein hoher marokkanischer Beamter, der in Frankreich studiert hat. Ihre französisch-marokkanische Mutter ist Ärztin. Mit ihrem Abitur, das sie am Lycée français de Rabat erworben hatte, ging sie nach Paris und an das Lycée Fénelon, wo sie eine literarische Vorbereitungsklasse begann. Nach ihrem Abschluss am Institut d'Etudes Politiques in Paris und ersten Gehversuchen als Schauspielerin absolvierte sie eine journalistische Ausbildung bei *L'Express*, bevor sie 2008 bei der Zeitung *Jeune Afrique* angestellt wurde. Im Jahr 2012 beschloss sie, sich dem literarischen Schreiben zu widmen. 2014 veröffentlichte sie ihren ersten Roman, der von der Kritik gelobt wurde: *Dans le jardin de l'ogre*. Mit *Chanson douce*, ihrem zweiten Roman, erhielt sie 2016 den Prix Goncourt. Ein Jahr später veröffentlichte Leïla SLimani den Essay *Sex et mensonge*, der sich mit dem „sexuellen Elend im Maghreb" befasst. Sie bezeichnet sich als von Tschechow beeinflusst, der „seine Figuren liebt" und „sie nie verurteilt", sowie von Stefan Zweig und Milan Kundera.

SÜSSES LIED

EIN ROMAN, DER NACH EINER WAHREN BEGEBENHEIT GESCHRIEBEN WURDE

* **Genre**: Roman

* **Referenzausgabe**: SLIMANI L., *Chanson douce*, Paris, Éditions Gallimard, 2016, 227 S.

* **1. Auflage**: 2016

* **Themen**: Verbrechen, Familie, Erziehung, Abhängigkeit, zeitgenössische Gesellschaft, beruflicher Erfolg, Geld, soziale Klassen

Mila und Adam, die Kinder von Myriam und Paul Massé, werden brutal ermordet aufgefunden. Verantwortlich für dieses grausame Verbrechen ist Louise, ihr Kindermädchen, das von dem Pariser Ehepaar eingestellt wurde, als Myriam beschloss, wieder als Anwältin zu arbeiten. Die Erzählerin reist nach dem Prinzip der Analepse in der Zeit zurück und versucht, die Gründe für diese Tragödie zu ergründen. Zunächst sieht es so aus, als sei Louise die ideale Nanny, die Myriam und Paul zu Hause perfekt unterstützt. Mit der Zeit wird Louises Anwesenheit jedoch ungewöhnlich aufdringlich, als würde sie sich wünschen, ein vollwertiges Mitglied der Familie zu werden. Ihre Abhängigkeit nimmt zu und wird immer unerträglicher. Mit einem scharfen und prägnanten Stil in Form von lapidaren und rohen Aussagen und in einem lebhaften Rhythmus, der durch kurze Kapitel gekennzeichnet ist, spricht Leïla Slimani zeitgenössische Probleme wie Familie, Kindererziehung, beruflichen Erfolg und Klassenvorurteile an. Man findet auch eine Reflexion über die Abhängigkeits- und Machtverhältnisse zwischen den Individuen. Für diesen Roman ließ sich die Autorin von einer wahren Begebenheit inspirieren, die sich am 25. Oktober 2012 in den USA ereignete: Eine Mutter von drei Kindern findet zwei ihrer Kinder erstochen in ihrer Wohnung an der Upper West Side. Die Täterin ist ihre Kinderfrau: Sie hat sich selbst die Kehle durchgeschnitten, ist aber nicht gestorben.

ZUSAMMENFASSUNG

Als Myriam Massé ausnahmsweise früher von der Arbeit nach Hause kommt, findet sie ihre beiden Kinder erstochen vor. Adam ist sofort tot, Mila erliegt ihren Verletzungen auf dem Weg ins Krankenhaus. Die Täterin ist das Kindermädchen der beiden. Noch am Tatort versucht diese, sich das Leben zu nehmen, was ihr jedoch nicht gelingt. Sie liegt im Koma.

Etwa eineinhalb Jahre zuvor suchte das Ehepaar Massé nach einer Nanny, als Myriam beschloss, eine Karriere als Anwältin zu beginnen. Als sie nach ihrem Studium mit Mila schwanger war, widmete sie sich ihrer Tochter und später ihrem Sohn und ließ ihre berufliche Karriere beiseite. Heute erträgt sie es nicht mehr, zu Hause zu bleiben, und es fällt ihr zunehmend schwer, nur Hausfrau und Mutter zu sein. Paul arbeitet viel auf eigene Faust als Produzent. Daher brauchen sie eine Person, der sie vertrauen können und die tagsüber auf die Kinder aufpasst. Nach einigen erfolglosen Recherchen wird ihnen Louise empfohlen. Das Paar entschied sich ohne zu zögern für sie, als wäre es eine Selbstverständlichkeit.

Louise ist perfekt, eine echte Fee. Sie kümmert sich gewissenhaft um die Kinder, aber auch um den Haushalt: Sie räumt auf, sortiert, bereitet das Abendessen zu. Sie geht sogar so weit, dass sie die Dekoration des Wohnzimmers ändert. Myriam und Paul sind begeistert und amüsieren sich. Myriam findet Gefallen daran, da sie sich ihrer Arbeit widmen kann, ohne durch häusliche Zwänge behindert zu werden. Louise wird unentbehrlich, kommt immer früher und geht immer später. Die Kinder verlangen nicht mehr nach ihren Eltern. Myriam schätzt Louises unsichtbare und effiziente Präsenz und macht ihr sogar Geschenke. Die Amme kocht, wenn Paul und Myriam Freunde empfangen.

Aus einer Laune heraus schlägt Paul vor, Louise auf ihren Urlaub auf einer griechischen Insel mitzunehmen. Die Amme ist von der sanften Umgebung, der leichten Brise, der Sonne und der Wärme begeistert. Sie genießt die Leichtigkeit der Abende im Restaurant. Der einzige Wermutstropfen ist, dass sie nicht schwimmen kann. Sie weist Mila übrigens zur Überraschung aller heftig zurück, als diese sie zum Schwimmen zwingen will. Daraufhin bringt Paul ihr das Schwimmen bei. Sie findet Gefallen an der Berührung des Wassers auf ihrem Körper. Sie fühlt sich gut. Als der Aufenthalt zu Ende geht und sie am Wochenende in ihre Wohnung in Créteil zurückkehren muss, fühlt sie sich hilflos und trübsinnig. Zum Glück erlaubt das warme Wetter im September noch Picknicks und Ausflüge in den Park.

Der Winter hält jedoch Einzug und bringt den ersten Zwischenfall mit sich: Louise hat Mila aus Spaß unverschämt geschminkt. Paul nimmt Anstoß daran, schimpft sie aus und bricht den Kontakt zu ihr fast vollständig ab. Louise ist beleidigt, fühlt sich einsam und gerät in Panik. Myriam entdeckt zwei Narben auf Adams Schulter. Louise beschuldigt die Schwester des Kleinkindes und gibt an, selbst gebissen worden zu sein. In Wirklichkeit wurde sie von Mila gebissen, weil Louise den Oberkörper des

Mädchens fest an sich gedrückt hatte und mit ihr schimpfte, weil sie sich bei einem Spaziergang im Park zu weit entfernt hatte. Als die Familie für eine Woche in die Berge fährt, wird Louises Unbehagen noch größer. Sie fühlt sich verlassen und bleibt zu Hause. Gegenüber Wafa, einer Kinderfrau, die sie auf dem Spielplatz kennengelernt hat, erklärt sie, dass sie bei ihrer nächsten Familienreise nach Griechenland gerne dauerhaft auf der Insel Sifnos bleiben würde. Eines Tages erhalten Paul und Myriam einen Brief vom Finanzamt, in dem sie aufgefordert werden, Louise den Betrag, den sie dem Staat seit mehreren Monaten schuldet, vom Gehalt abzuziehen. Von den Vorwürfen des Ehepaars betroffen, erlebt die Tagesmutter zwei Nächte voller Angst. Tatsächlich fühlt sich Louise zunehmend schlechter. Angesichts ihrer Verwirrung macht sich Myriam Vorwürfe. Dennoch entsteht zwischen den beiden Frauen eine immer größere Distanz. Eines Abends findet Myriam einen Hühnerkadaver, der mitten auf dem Küchentisch liegt. Sie ist zutiefst verwirrt, weiß nicht, was diese Inszenierung bedeutet, und ahnt vage, dass in Louise eine Gefahr lauert.

Der Frühling gibt Louise etwas Optimismus zurück. Ohne Begeisterung trifft sie sich mit Hervé, den Wafa ihr vorgestellt hat. Dann beginnt sie von einem Baby zu träumen, das Myriam und Paul zeugen könnten. Entschlossen, sich für den Erfolg dieses Projekts einzusetzen, nimmt sie die Kinder mit in ein Restaurant, um ihre Eltern allein zu lassen. Doch ein letzter Vorfall dämpft ihren Optimismus: Wegen ausstehender Mieten wird sie von ihrem Vermieter aufgefordert, die Wohnung zu verlassen. Von da an versinkt sie wieder in tiefer Melancholie. Sie erträgt die Kinder nur schwer und ist gereizt, wenn sie schreien oder Fragen stellen. Sie lässt den Fernseher den ganzen Tag laufen. Das letzte Mal, dass die Familie Louise vor dem Verbrechen sieht, ist vom Auto aus, das sie nach einem Tag bei Freunden nach Hause bringt.

Im letzten Kapitel geht die Erzählerin auf die Ankunft von Hauptmann Nina Dorval am Tatort ein, auf die Aussagen von Wafa und der Nachbarin und auf das, was Paul über die Tatwaffe berichtet. Zwei Monate der Ermittlungen sind vergangen. Es ist Ende August. Nina bereitet sich darauf vor, den Tatort zu rekonstruieren. Sie wird die Rolle der Louise spielen.

UNTERSUCHUNG DER CHARAKTERE

LOUISE

Louise ist das Kindermädchen, das von Paul und Myriam Massé eingestellt wurde. Mit ihrer zierlichen Figur schätzt man sie auf zwanzig Jahre, obwohl sie eher vierzig ist. Sie ist blond, ihr Gesicht ist mit winzigen Sommersprossen übersät und sie hat etwas Kindliches an sich. Sie trägt immer einen langen Rock, eine Bluse und Lackballerinas. Ihr Dutt im Nacken verleiht ihr ein strenges Aussehen. Ihre Fingernägel sind manikürt und ihre Augen geschminkt. Louise „ist nicht unangenehm anzusehen", meint Paul.

Ihr Mann ist gestorben. Sie hat eine Tochter, die zwanzigjährige Stéphanie, die von zu Hause weggelaufen und nie zurückgekehrt ist. Louise lebt in einer Wohnung, die nur aus einem einzigen Zimmer besteht, das sie jedoch sehr sorgfältig aufräumt. Sie hatte mehrere Arbeitgeber, darunter M. Franck und die Rouviers, die in höchsten Tönen von ihr schwärmen, wenn sie den Massés von ihr erzählen.

Louise ist pflichtbewusst, perfektionistisch und erledigt alle Aufgaben, die man ihr anvertraut, mit größter Sorgfalt, fast schon manisch. Ihre Manieren haben etwas Altmodisches an sich. Als Paul und Myriam zum ersten Mal mit ihr sprechen, zögern sie keine Sekunde:

Sie ist die Richtige, das ist klar. Außerdem tritt Louise den Kindern gegenüber sehr selbstbewusst auf, als sie ihnen zum ersten Mal begegnet. Diese schließen sie sofort ins Herz. Sie kümmert sich hervorragend um den Haushalt. Sie ist auch eine talentierte Köchin.

Dieses Kindermädchen ist sehr mütterlich zu Adam und schafft es, Mila zu zähmen, die sich eher scheu zeigt. Sie weiß, wie man mit Kindern Spaß hat, und nimmt jede Art von Unterhaltung ernst. Besonders gerne spielt sie Verstecken und erzählt gerne „grausame Märchen, in denen die Guten am Ende sterben" (S. 39). Sie ist zu Zärtlichkeit fähig, kann aber auch unerklärliche heftige Reaktionen zeigen, wie an dem Tag, als sie Mila im Park zu fest an sich drückt, weil diese sich ohne Vorwarnung entfernt hat. Es wird schnell klar, dass sie eine komplexe Beziehung zu dem kleinen Mädchen hat. Seit dem Vorfall im Park hegt jede einen Groll gegen die andere.

Es ist bekannt, dass Louise in der Vergangenheit eine Episode „wahnhafter Melancholie" erlebt hat, wegen der sie ins Krankenhaus eingeliefert wurde. Es kommt übrigens auch heute noch vor, dass sie in einen krankhaften Zustand verfällt, wenn sich ihre Beziehung zu den Massés verschlechtert.

Louise hält sich von Erwachsenen fern, außer von Myriam, der sie anfangs nahe steht. Nach und nach entsteht jedoch eine Distanz zwischen den beiden Frauen. Paul, der von ihrer Zerbrechlichkeit gerührt ist, bringt ihr in Griechenland das Schwimmen bei und Louise genießt seine Anwesenheit. Er spricht jedoch kein Wort mehr mit ihr, als er herausfindet, dass sie Mila unverschämt geschminkt hat. Louise sympathisiert mit Wafa, einer anderen muslimischen Tagesmutter, die erst vor kurzem nach Frankreich gekommen ist und die sie auf dem Spielplatz kennengelernt hat. Sie hat eine kurze Beziehung mit Hervé, einem Mann, der ihr nicht gefällt.

MYRIAM

Myriam hat ihre Karriere als Anwältin auf Eis gelegt, um ihre beiden Kinder großzuziehen. Zum Zeitpunkt des Beginns der Erzählung ist sie von ihrem Leben als Hausfrau und Mutter frustriert und beschließt, wieder zu arbeiten und eine Tagesmutter zu engagieren. Sie ist wütend auf ihren Mann, weil er ihren Wunsch nach Emanzipation nicht ernst genug nimmt. Eine zufällige Begegnung mit Pascal, einem ehemaligen Studienkollegen, ist der Auslöser. Er bietet ihr an, als Anwältin in seine Kanzlei einzutreten. Myriam ist sehr gewissenhaft und arbeitet unermüdlich von morgens bis abends, manchmal sogar nachts. Sie ist mit Emma befreundet, einer Frau, die in ihrer Rolle als vorbildliche Hausfrau und Mutter aufgeht. Sie fühlt sich von Louise bemuttert und genießt es, dass sie sich auf sie verlassen kann, wenn es darum geht, die Kinder zu beschäftigen und das Haus in Ordnung zu halten. Beide haben die Angewohnheit, gemeinsam in der Küche Tee zu trinken. Tatsächlich genießt Myriam Louises Gesellschaft und macht ihr regelmäßig Geschenke. Durch aufeinanderfolgende Missverständnisse beginnt ihre Beziehung jedoch Risse zu bekommen.

Myriam hat ein schlechtes Verhältnis zu ihrer Schwiegermutter. Sie ist wütend auf sie seit einer denkwürdigen Diskussion, in der Sylvie ihrer Schwiegertochter vorwarf, nur an ihren persönlichen Ehrgeiz zu denken, nicht für ihre Kinder verfügbar zu sein und sie für deren launische Natur verantwortlich zu machen.

Es ist Myriam, die ihre ermordeten Kinder entdeckt.

PAUL

Er ist der Ehemann von Myriam. Er akzeptiert ihre Entscheidung, sich beruflich zu betätigen, auch wenn er ihre Ambitionen etwas ins Lächerliche zieht. Als Produzent in der Musikbranche verbringt er viel Zeit mit seiner Arbeit und freut sich, dass sein Geschäft boomt, nachdem er seine beruflichen Ambitionen vorübergehend zurückstellen musste, als er Vater wurde, so dass er das Vertrauen in seine Fähigkeiten verloren hat. Seine Mutter Sylvie, die ihn mit einer linken Ideologie erzogen hat und der Meinung ist, dass er seine Herkunft verleugnet und sich verbürgerlicht hat, übt einen großen Einfluss auf ihn aus. Paul ist mit Louises Anwesenheit zufrieden. Eines Tages bietet er ihr sogar an, mit ihren Freunden zum Abendessen bei ihnen zu bleiben, bevor er ankündigt, dass sie mit ihnen in den Urlaub fahren wird. Er bringt ihr das Schwimmen bei. Als er eines Abends seine Tochter Mila findet, die von der Nanny geschminkt wurde, verschlechtert sich ihr Verhältnis endgültig.

KINDER

Mila

Mila ist ein scheues Kind. Sie ist launisch und kann sich auf offener Straße auf den Boden werfen. Sie ist von ihrem Image besessen und schaut sich viel in Schaufenstern an. Sie ist gebrechlich und anmutig.

Sie verhält sich „schlau" gegenüber Louise (S. 39). Sie ist ungehorsam und zeigt sich fähig, die Nanny zu manipulieren, damit sie ihren Wünschen nachgibt. Dennoch kennt sie auch Momente der Schuld, in denen sie sich liebevoller zeigt. Sie genießt die grausamen Märchen, die ihr die Nanny erzählt. Nach und nach lässt sie sich von Louise zähmen. Ihre Beziehung ist jedoch sehr konfliktreich und diese Konflikte werden manchmal durch körperliche Gewalt ausgetragen. Als Louise sie als Strafe dafür, dass sie allein in den Park gegangen ist, zu fest an sich drückt, beißt Mila sie. Als Mila sie zwingt, in Griechenland zu baden, obwohl sie sich wiederholt weigert, stößt Louise sie zu heftig zurück. Eines Abends führt Louise die Kinder in ein Restaurant und zwingt sie zu einem langen Umweg durch Paris. Die erschöpfte Mila ist zwischen Unverständnis und Angst hin- und hergerissen. Am Tag des Verbrechens stirbt sie im Krankenwagen, der sie ins Krankenhaus bringt.

Adam

Er ist noch ein Baby, als Louise eingestellt wird. Dennoch zeigt er Zuneigung zu dieser mütterlichen Frau.

Außerdem scheint er auf Louises Seite zu stehen, als ihr Vater sie dafür rügt, dass sie Mila geschminkt hat. Seine Stimme beendet die Erzählung, als er seine Mutter fragt, wo Louise hingeht, die sie auf dem Bürgersteig sehen. Adam wird von Louise niedergeschlagen und stirbt sofort.

NEBENFIGUREN

Stephanie

Sie ist die Tochter von Louise. Sie ist zwanzig Jahre alt. Als Kind folgte sie ihrer Mutter zu ihren verschiedenen Arbeitgebern und fühlte sich nie zugehörig. Sie hatte immer das Gefühl, im Weg zu stehen. Als Teenager stellte sie Louise auf die Probe: Sie schlich sich regelmäßig aus dem Haus, verbrachte die Nächte im Freien und vernachlässigte die Schule. Eines Tages kehrte sie schließlich nicht mehr zurück, „als ob sie offensichtlich dazu bestimmt gewesen wäre" (S. 90). Später erfährt Louise, dass sie sich im Süden befindet und sich verliebt hat.

Jacques

Er ist der verstorbene Ehemann von Louise. Er war seiner Frau gegenüber sehr verächtlich, cholerisch und verschwenderisch und hinterließ ihr nichts als Schulden. Nach seinem Tod hatte sie nur einen Monat Zeit, um ihr Haus zu verlassen, das zwangsversteigert werden sollte.

Wafa

Sie ist das Kindermädchen, das Louise auf dem Spielplatz trifft. Sie ist sehr gesprächig und nicht älter als fünfundzwanzig Jahre. Sie hat keine Papiere und ist über einen Prostitutionsring nach Frankreich gekommen. Sie kümmert sich nun um einen kleinen Jungen. Mit ihren Rundungen, ihrem ungepflegten Aussehen und ihrer Art, sich zu benehmen, findet Louise sie ein wenig vulgär. Sie backt fettige Backwaren, die sie ihr regelmäßig anbietet. Sie erzählt ihr von ihrem Leben, lädt sie zu ihrer Hochzeit ein und ist niedergeschlagen, als sie vom Verbrechen ihrer Freundin erfährt.

Sylvie

Sie ist die Mutter von Paul. Sie missbilligt den Lebensstil ihres Sohnes und ihrer Schwiegertochter, ihre beruflichen Ambitionen und ihre hierarchische Beziehung zu Louise. Als linke Aktivistin hat sie ihrem Sohn Werte vermittelt, die er ihrer Meinung nach verleugnet. Gegenüber Myriam ist sie besonders heftig und macht ihr sogar Vorwürfe, weil sie sich nicht den ganzen Tag um ihre Kinder kümmert.

Hervé

Er ist ein Mann, den Wafa Louise bei ihrer Hochzeit vorgestellt hat. Er hat in ihrem Haus einige Arbeiten erledigt. Louise empfindet nur Abscheu für Hervé: Er ist unscheinbar, klein, hat den Kopf in den Schultern und seine Hände sind die eines Arbeiters. Trotzdem willigt

sie ein, mit ihm auszugehen und gibt seinen Annäher-
ungsversuchen ohne Begeisterung nach.

Rose Grinberg

Sie ist die Nachbarin der Massés. Sie ist fünfundsechzig
Jahre alt und eine ehemalige Musiklehrerin. Sie macht
sich Vorwürfe, dass sie Louises seltsames Verhalten eine
Stunde vor dem Verbrechen bemerkt hat, ohne Alarm zu
schlagen, und sie bedauert, dass sie Louises Geständnis
über ihre Geldprobleme nicht mehr Aufmerksamkeit
geschenkt hat. Während des Verbrechens hielt sie ein
Nickerchen. Sie hörte Myriams Schreie, als sie die
Fensterläden öffnete.

Hector Rouvier

Als Kind wurde er von Louise betreut. Er ist achtzehn
Jahre alt, als er von dem Verbrechen seines ehemaligen
Kindermädchens erfährt und von der Polizei verhört
wird. Er erinnert sich an Louises Hände auf seinem
Kinderkörper, an ihre Berührungen, ihren Geruch und an
„die plötzliche Wildheit ihrer Liebe" (S. 166). Ihm wird
klar, dass er schon immer gewusst hat, dass er bedroht
wird.

Herr Franck

Er beschäftigte Louise, als sie fünfundzwanzig Jahre alt
war. Er war Maler und lebte bei seiner Mutter, um die sich
Louise kümmerte. Er verlangt von ihr eine Abtreibung, als
er erfährt, dass sie schwanger ist. Louise leistet keinen

Widerstand, wacht aber an dem für den Eingriff vorgese-
henen Tag nicht auf. Infolgedessen kehrt sie nie wieder zu
ihm zurück.

SCHLÜSSEL ZUM LESEN

CHRONIK EINES ANGEKÜNDIGTEN DRAMAS

Das Genre der Chronik entspricht einer Erzählung von Ereignissen in der Reihenfolge, in der sie stattgefunden haben. *Chanson douce* ist in dieser Hinsicht mit einer Chronik vergleichbar. Das Besondere an der Erzählung ist, dass sie Ereignisse chronologisch auflistet, deren Ausgang von Anfang an bekannt ist. Die Erzählung stellt somit eine Analepse dar.

Das Aufkommen des Verbrechens

Der Roman beginnt nämlich direkt mit der Beschreibung des Tatorts. Der Mord an den Kindern der Familie Massé durch ihre Amme hat bereits stattgefunden und ist dem Leser bekannt. Daraus wird ersichtlich, dass die Erzählerin keine Spannung aufbauen möchte, dass sie nicht in eine Erzählung einsteigt, die zu einer endgültigen Enthüllung führt. Vielmehr ist sie daran interessiert, die Ursachen offenzulegen und die Ereignisse, die zu einer solchen Tragödie geführt haben könnten, noch einmal zu beleuchten. Aus diesem Grund kehrt das letzte Kapitel zur Zeitlinie des Prologs zurück und widmet sich der Entdeckung des Doppelmordes und der Rekonstruktion des Tatorts durch Hauptfrau Nina Dorval. Leïla Slimani entscheidet sich dafür, dem Ablauf der Ereignisse und der Entwicklung der Figur Louise zu folgen. So beginnt das zweite Kapitel mit Myriams

Suche nach einem Kindermädchen. Dann erzählt die Erzählerin von ihrem Verhalten als perfekte Tagesmutter, ihrer Aufmerksamkeit für Kinder und Eltern, ihrem Eintauchen und Eindringen in die Familie Massé, den Reisen, die sie mit ihnen unternimmt, ihrem zwanghaften Verlangen nach Nähe, den ersten Spannungen, dem Aufkommen von Louises wahnhafter Melancholie und dem Zwang, ihre Wohnung zu verlassen.

Sukzessive Beleuchtungen

Innerhalb dieser Chronik schiebt die Erzählerin einige Kapitel ein, die Rückblicke auf Louises Leben darstellen. Das erste Kapitel mit dem Titel „Stéphanie" (S. 53), benannt nach Louises Tochter, konzentriert sich auf die Beziehung der beiden. Das zweite ist der Figur von Rose Grinberg gewidmet, einer Nachbarin der Massés, die von Schuldgefühlen geplagt wird, weil sie nicht reagiert oder Alarm geschlagen hat, als sie wenige Minuten vor der Tragödie von Louises Verhalten im Fahrstuhl überrascht wurde. Sie hätte ihrer Meinung nach „den Lauf der Dinge ändern können" (S. 82). Wir erfahren, dass sie bereits einen Monat vor dem Drama durch eine zweideutige Diskussion mit Louise in Verlegenheit gebracht worden war. Im weiteren Verlauf der Erzählung findet sich ein Kapitel über Louises Ehemann Jacques. Die Autorin berichtet dort von seinen Eskapaden, seiner Verachtung für Louise, seinen unüberlegten Ausgaben und den Schulden, die er ihr hinterlassen hat. Schließlich erfährt man, dass Louise nach Jacques' Tod in eine wahnhafte Einsamkeit versank. Außerdem geht aus der Erzählung hervor, dass Louise nicht den Wunsch hatte,

Mutter zu werden. Als ihr erster Arbeitgeber, Monsieur Franck, erfuhr, dass sie schwanger war, drohte er ihr, sie zu entlassen, wenn sie nicht abtreiben würde. Ohne sie zu konsultieren, hatte er ihr einen Termin bei einem Gynäkologen für den Eingriff verschafft. Louise war jedoch am Tag ihres Arzttermins nicht pünktlich aufgewacht. Sie hatte also ihr Kind behalten, das sie nicht wollte und das in ihr „wie ein Pilz auf feuchtem Holz" (S. 111) aufgegangen war. Das Kapitel über Hector Rouvier, ein Kind, das Louise zehn Jahre zuvor behalten hatte, ist keineswegs anekdotisch. Im Gegenteil, Hectors Sicht auf Louise erweist sich als wertvoll: Der junge Mann enthüllt, dass „er immer gewusst hatte, dass eine Bedrohung über ihm schwebte" (S. 170). Paradoxerweise ist dieser Rückblick Teil der Chronik, da er die Entstehung der Bedrohung andeutet, „eine weiße, schwefelhaltige, unaussprechliche Bedrohung" (S. 170).

Die letzten Momente

Louises zunehmender Wahnsinn wird Tag für Tag heraufbeschworen. Da sind die drei Tage der „perversen Lethargie", in denen „ihre Gedanken verschwimmen" (S. 158). Der Text spricht von Myriams tiefen Zweifeln, ihren wachsenden Sorgen, während sich die seltsamen Verhaltensweisen der Amme häuften. In der Nacht nach dem Vorfall mit dem Hühnerkadaver, den das Kindermädchen auf dem Küchentisch zurückgelassen hatte, gerät sie in Panik. Sie denkt, dass Louise vielleicht „gefährlich" (S. 172) und gewalttätig ist und dass sie vielleicht einen „Appetit auf Rache" (S. 172) an ihnen hegt. Dann verlangsamt sich das Erzähltempo und dehnt sich aus. Es werden immer mehr Verben im Präsens verwendet, die Notate werden immer feiner und ausführlicher. So hält sich die Erzählerin bei der Schilderung von Louises Restaurantbesuch mit den Kindern auf und berichtet von ihrer fieberhaften Erregung: „Louise schaut auf die Scheibe, ihre Uhr, die Straße, den Tresen, auf den sich der Wirt stützt. Sie kaut an ihren Fingernägeln, lächelt, dann wird ihr Blick undeutlich, abwesend" (S. 205). In den letzten Kapiteln werden die Handlungen enger, was von der Bedrückung zeugt, die Louise empfindet: „Louise dreht sich nicht um. Ihr Blick bleibt auf den Bildschirm gerichtet, ihr Körper ist völlig unbeweglich. Das Kindermädchen weigert sich, auf den Spielplatz zu gehen. Sie will nicht den anderen Mädchen begegnen oder auf die alte Nachbarin stoßen, vor der sie sich erniedrigt hat, als sie ihr ihre Dienste anbot" (S. 212). Das ist nicht verwunderlich: Die Erzählung nähert sich der Chronik an, wenn sich das dramatische Ende abzeichnet. Die aus Louises Innenperspektive geschriebenen Passagen werden wichtiger, bis hin zu ihrem letzten Gedanken: „Ich werde dafür bestraft werden, hört sie sich denken. Ich werde dafür bestraft, dass ich nicht lieben kann" (S. 213). Der Autorin bleibt nichts anderes übrig, als ihre Figur verschwinden zu lassen: Das ist der Ausgang ihrer Kolumne. Sie entscheidet sich dafür, dies symbolisch auf der Straße zu tun, wo sie von der gesamten Familie Massé beobachtet wird. „Lunar" scheint sie auf etwas zu warten, „am Rande einer Grenze, die sie sich anschickt zu überqueren und hinter der sie verschwinden wird" (S. 218).

EINE DUMPFE BEDROHUNG

Man kann *Chanson douce* als Erzählung über eine herannahende Bedrohung lesen. Zunächst latent, von Myriam und Paul kaum wahrnehmbar, ist sie für den vorgewarnten Leser eine Selbstverständlichkeit. Unter diesem Gesichtspunkt folgt der Roman einer logischen Erzählung: Die Struktur des Romans verdeutlicht die allmähliche Intensivierung dieser Bedrohung und den Abstieg der Figur in die Hölle.

Gegenseitige Liebe auf den ersten Blick

Wenn Myriam darüber spricht, vergleicht sie die erste Begegnung mit Louise mit „Liebe auf den ersten Blick" (S. 28). Louise erweist sich schnell als unentbehrlich: Sie kümmert sich um die Kinder, räumt das Haus auf, bereitet das Essen zu und geht erst, wenn alle Aufgaben erledigt sind. Wie um Pauls Aufforderung „Fühlen Sie sich wie zu Hause" (S. 33) nachzukommen, ist sie allgegenwärtig. Schnell wird sie „unsichtbar und unentbehrlich" (S. 59) und zu einem vollwertigen Familienmitglied, das manchmal sogar die Nächte auf dem Sofa verbringt. Ohne Paul und Myriam zu konsultieren, baut sie das Wohnzimmer um, indem sie die Dekoration verändert. Außerdem weist die Erzählerin darauf hin, dass Louise „geduldig ihr Nest in der Mitte der Wohnung baut" und vergleicht sie mit Vishnu, einer „nährenden, eifersüchtigen und beschützenden Gottheit" (S. 59). Myriam ihrerseits akzeptiert, dass sie von dieser Frau, die sie so wenig kennt, bemuttert wird.

Beunruhigende Zeichen

Allerdings wird ihre Hilfe nach und nach aufdringlich. Louise ist überzeugt, dass sie eine wichtige Aufgabe zu erfüllen hat, und drängt Paul und Myriam, so oft wie möglich nach draußen zu gehen. Sie räumt ihre persönlichen Sachen weg und durchsucht ihre Intimsphäre. Sie drängt sich buchstäblich in ihr Leben. Die Erzählung zeigt, wie sie schließlich in eine Identitätsverwirrung gerät, bis sie von einem dritten Kind träumt, um das sie sich kümmern könnte, jetzt, wo Mila und Adam heranwachsen, ein Kind, das sie mehr an Myriam und Paul binden würde. Sie wünscht es sich fanatisch, wie eine „Besessene" (S. 203). Übrigens freut sich Louise während einer Familienreise auf eine griechische Insel eines Abends über die leichte Trunkenheit von Paul und Myriam, in der Hoffnung, dass es zu einer fruchtbaren Umarmung kommt. Der Voyeurismus ist nicht weit, vor allem als sie dazu übergeht, Myriams Menstruation nach ihrer Rückkehr nach Paris zu überwachen. Die nunmehr völlig entfremdete Louise wünscht sich, „mit ihnen Welt zu machen", sich einen „Bau" zu schaffen (S. 190).

Nach und nach sät die Erzählerin durch mehrere Details die ersten Anzeichen eines beunruhigenden Verhaltens aus: Louise erzählt Mila und Adam grausame Märchen, „in denen die Guten am Ende sterben" (S. 39), ein erstes Versteckspiel nimmt eine erschreckende Wendung, als Louise unendlich viel Zeit verstreichen lässt, bevor sie aus ihrem Versteck hervorkommt und damit Panik unter den Kindern auslöst. Angesichts von Milas Widerstand oder Ungehorsam wird die Amme zweimal brutal: Mal drückt sie sie zu fest, um sie dafür zu schelten, dass sie sich unerlaubt entfernt hat, mal stößt sie sie zu heftig zurück, als das Mädchen sie zum Baden zwingen will, obwohl sie nicht schwimmen kann. Schließlich ist der Hühnerkadaver, den sie eines Abends demonstrativ auf dem Küchentisch liegen lässt, in einem so schlechten Zustand, dass „es aussieht, als hätte ihn ein Geier gefressen" (S. 163), ein rückblickend ahnungsvoller, makabrer Anblick.

Eine leere Existenz

Eine der Stärken des Romans ist, dass die Erzählerin in einer parallelen, mit der ersten verwobenen Erzählung Hinweise auf Louises Existenz und ihre persönliche Geschichte gibt. Tatsächlich sind ihre Abreisen nach Beendigung ihrer Arbeit für die Familie rätselhaft, ebenso wie ihre seltenen Abwesenheiten. Sie scheint zu verblassen, als hätte sie keine andere Existenz neben der, die sie bei Paul und Myriam hat. Dank dieser parallelen Erzählung erfahren wir dann, dass sie elendiglich in einer Einzimmerwohnung in Créteil lebt: Ihr Mann ist gestorben und hat ihr viele Schulden als Erbe hinterlassen; ihre Tochter Stephanie hat sie verlassen, ohne sich umzudrehen. Sie hat diese Frau nie geliebt, die sie als zu unterwürfig empfand und die ihr Leiden nicht verstand: das Leiden eines Kindes, das sich in den Häusern, in denen ihre Mutter arbeitete, fehl am Platz fühlte. Angesichts dieser traurigen und elenden Existenz, angesichts dieser Einsamkeit, ist es verständlich, dass die Familie Massé für Louise zu einer Ersatzfamilie wurde.

Louises „wahnhafte Melancholie"

Weil einige ihrer Fehler auffallen und sie von Myriam und Paul gerügt wird, verfällt Louise schließlich in eine „wahnhafte Melancholie" (S. 158), die sie bereits bei einem früheren Krankenhausaufenthalt erkannt hat. Sie fühlt sich „wie ein verletzter Liebhaber" (S. 177). Ihre Melancholie und Neurose wachsen so sehr, dass sie nicht mehr zur Arbeit bei den Massés gehen kann. Später fühlt sich Louise wie ein gejagtes Tier, als die Massés ihre Schulden entdecken, von denen sie ihnen nie erzählt hat. In die Enge getrieben, verfällt sie von da an in einen Zustand des Leidens und die Bedrohung, die sie darstellt, wird immer stärker spürbar.

Im Laufe der Seiten friert die Entwicklung der Figur Louise den Leser immer mehr ein, der, gewarnt vom ersten Kapitel an, das tragische Ende nahen sieht. Der Abstieg dieser Frau in die Hölle hat begonnen. Sie befindet sich nun in einer Sackgasse, einer ausweglosen, d. h. tragischen Situation. Weder ganz gut noch ganz böse, entscheidet sie sich für den Horror. Myriam und Paul können sich nicht von ihr trennen: Das Kindermädchen ist so tief in ihrem Leben verwurzelt, dass es unmöglich wird, sie zu vertreiben. Die Erzählerin deutet Myriams Gedanken an: Wenn sie sie wegstoßen, wird Louise „trotzdem nach Hause kommen" (S. 177). Zu Hause lacht sie immer weniger, sie geht nicht mehr auf den Spielplatz, die Kinder irritieren sie. Sie lässt den Fernseher laufen und zwingt ihnen beängstigende Bilder auf. Wenn sie in Adams Nähe ist, hat sie das Bedürfnis, sich zu erwürgen. Louise ist bis zum Schluss davon überzeugt, dass sie zum Wohle aller handelt, wie in den grausamen Märchen, die sie den Kindern erzählt hat, und verfällt in das Grausamste, was die menschliche Seele zu bieten hat, und tötet.

EIN BLICK AUF DIE HEUTIGE WELT

Es scheint, als würde Leïla Slimani mit dieser Geschichte auf die Schwächen unserer Gesellschaft, unser Verhältnis zur Zeit und die Bedeutung, die persönlichen Ambitionen beigemessen wird, hinweisen. Eine Aussage über die Beziehungen zwischen Kindern und Erwachsenen, über den Platz, den die einen und die anderen einnehmen, wohnt dieser Erzählung inne. Die Figuren Myriam und Paul verkörpern diese Problematik.

Beruflicher Ehrgeiz

Von ihren Kindern und den Zwängen einer Hausfrau genervt und eifersüchtig auf den beruflichen Erfolg ihres Mannes, nagt die Verbitterung an Myriam und sie beschließt, ihre berufliche Karriere wieder aufzunehmen. Schon bald arbeitet sie sehr viel, nach Pauls Meinung zu viel. Sie kommt um acht Uhr morgens vor allen anderen ins Büro, macht spät Feierabend und wird sogar nachts gerufen, um bei Polizeigewahrsam zu assistieren. Paul seinerseits freut sich, dass seine Karriere eine Wende nimmt und so verläuft, wie er es sich erhofft hatte. Die wiederholten Krankheiten der Kinder sind laut Sylvie, Pauls Mutter, auf Myriams Abwesenheiten zurückzuführen. Außerdem spielen sie sich ihrer Meinung nach gegenüber ihrer Angestellten als Arbeitgeber auf. Auch

Milas Lehrerin verurteilt die mangelnde Verfügbarkeit von Myriam. Wie könnte man aus den Worten der Lehrerin nicht eine Kritik an unserer Gesellschaft heraushören: „Das ist das Übel des Jahrhunderts. All diese armen Kinder sind sich selbst überlassen, während beide Elternteile von demselben Ehrgeiz zerfressen werden. Es ist ganz einfach, sie rennen die ganze Zeit" (S. 42). In der Tat sind Myriam und Paul überfordert. Es gibt weder Platz für Schlaf noch für die Kinder. Sie rennen nur noch, sie „werden zu den Chefs eines Unternehmens, das sich dreht" (S. 118).

Die Illusion der idealen Familie

Myriams Freundin Emma verkörpert die Selbstinszenierung und die Inszenierung der eigenen Familie, die für unsere Gesellschaft charakteristisch ist. Ihre Kinder sind blond, perfekt und haben „unaussprechliche Vornamen aus der nordischen Mythologie" (S. 45). Sie besuchen eine Schule, in der sie ihre aufkommenden Begabungen weiterentwickeln können. Emma postet in sozialen Netzwerken „sepiafarbene Porträts" ihrer Kinder. Sie ist schön, auch wenn sie ihre Magersucht unter dem Vorwand, Vegetarierin zu sein, versteckt. Ihr Mann ist auf den Fotos nicht zu sehen, „ganz damit beschäftigt, diese ideale Familie zu fotografieren, der er nur als Zuschauer angehört" (S. 45).

Selbstverwirklichung und ihre Widersprüche

Myriam denkt beschämt - natürlich ohne es ihrer Freundin Emma zu sagen -, dass man glücklich sein wird, wenn man andere nicht mehr braucht und ein eigenes Leben führen kann. Sie ist der Meinung, dass Selbstverwirklichung nur dann möglich ist, wenn man völlig frei ist und sich nicht von anderen einschränken lässt. Handelt es sich dabei um Egoismus? Die Erzählstimme kommentiert nicht, gibt keine Antwort, sondern lässt den Leser nachdenken. Der Geburtstag von Mila, den Louise mit so viel Energie und Aufwand organisiert, macht Myriam übrigens Angst. Das Spielen mit den Kindern interessiert sie nicht, sie zieht es vor, sich in ihrem Zimmer zurückzuziehen. Myriam ist jedoch paradox, denn sie beklagt sich gleichzeitig bei ihrer Schwiegermutter, dass sie ihre Kinder nicht sieht und unter dieser „hemmungslosen Existenz" (S. 131) leidet. Diese nimmt kein Blatt vor den Mund, beschuldigt ihre Schwiegertochter des Egoismus und der Verantwortungslosigkeit und beruft sich auf ihre „Schuld" an der negativen Entwicklung ihrer Kinder, die launisch und tyrannisch geworden seien (S. 131). Myriams Widersprüche verschärfen sich: Trotz ihres behaupteten Freiheitsdrangs fühlt sie sich als Opfer dieser Anschuldigungen, wie ihrer Meinung nach viele andere Frauen auch. Aus diesem Grund hält sie es für ihre Pflicht als Mutter, Fotos von ihren Kindern anzufertigen, um „die Beweise des vergangenen Glücks zu besitzen" (S. 215) und später Erinnerungen nähren zu können. Eine Bemerkung der Erzählerin, wie um Myriams Entschlossenheit in Frage zu stellen, fügt hinzu, dass „sie ihre Kinder hinter dem Bildschirm ihres iPhones betrachtet" (S. 215).

Ein Generationenproblem

Sylvies Überzeugungen dienen in der Erzählung dazu, die These von einem Generationen- und Ideologiebruch zu entwickeln. Sie versteht die Bestrebungen ihres Sohnes und ihrer Schwiegertochter nach beruflichem Erfolg nicht. Sie beruft sich auf die Werte einer anderen Zeit, auf ihre Ideale, ihr politisches Engagement und ihre Sehnsucht nach Revolution. Sie ist die Stimme, die die Gesellschaft der „Verkauften", die die Oberhand gewonnen hat, verurteilt, die Stimme, die eine Welt verteidigt, in der man Zeit zum Leben hat. Auch sie ist nicht frei von Widersprüchen: Sie hat während Pauls gesamter Kindheit gearbeitet, sogar mit Stolz.

Ein gesellschaftlicher Diskurs

Myriam und Paul leben in einem schönen Gebäude in der Rue d'Hauteville im zehnten Arrondissement. Sie beschäftigen eine Frau, die arm in einer Einzimmerwohnung in Créteil lebt. Myriams Freundin Emma wohnt in einem ehemals volkstümlichen Bezirk, der nun von einer neuen Bourgeoisie besetzt ist. Ihre Rede, die sie Louise gegenüber über die öffentliche Schule hält, offenbart ihre Verachtung für die Arbeiterklasse. Sie beabsichtigt, ihre Kinder in Schulen anzumelden, in denen ihre Mitschüler demselben sozialen Milieu angehören wie sie selbst. In diesem Zusammenhang ist es nicht abwegig, in *Chanson douce* Spuren eines Diskurses über Klassenvorurteile in der Tradition von Jean Genets *Les Bonnes* zu sehen: In diesem Stück versuchen zwei Angestellte, ihre Chefin zu ermorden. Man könnte auch an Claude Chabrols Film *La Cérémonie* denken, in dem es um die Ermordung einer ganzen bürgerlichen Familie durch ihre Hausangestellte geht, die von der Postbeamtin des Dorfes unterstützt wird. In *Chanson douce* ist das Verbrechen jedoch nicht sozial motiviert. Louise hegt nicht wie diese Frauen den Wunsch nach Rache. Aber man muss feststellen, dass ihre finanzielle und emotionale Misere, ihre Lebenserfahrung und ihr Status als ständiges Opfer bei ihr Frustrationen erzeugt haben, die bei ihrer endgültigen Tat eine Rolle gespielt haben könnten. Schließlich wird die Geschichte von Wafa erzählt, einer jungen Muslimin ohne Papiere, die erst vor kurzem nach Frankreich gekommen ist. Sie arbeitete zunächst für einen Prostitutionsring, stimmte dann aber einer Heirat zu, um französische Papiere zu erhalten. Sie arbeitet bei einem sehr anspruchsvollen französisch-amerikanischen Ehepaar.

EIN KÜHLER, DISTANZIERTER SCHREIBSTIL

Der Stil von Leïla Slimani überrascht durch seine Distanziertheit und Urteilsfreiheit. Das liegt daran, dass die Schriftstellerin Ereignisse so objektiv wie möglich schildern möchte, ohne zu werten.

Eine *Sachbuchnovelle?*

Chanson douce hat fast etwas von einem journalistischen Ansatz, der dem ersten Beruf von Leïla Slimani entspricht. Diese Vorgehensweise erinnert an das angelsächsische Genre des *Non-Fiction-Novel*, in dem die Erzählung von wahren Begebenheiten berichtet, dabei aber fiktionale Techniken anwendet. Die Autorin führt auf diese Weise trotz der anfänglichen Enthüllung eine erstaunliche Spannung ein. Die Verwendung des Präsens verleiht der Erzählung den Charakter eines klinischen Berichts über die Ereignisse. Die Sätze sind kurz, und zwar von Beginn der Erzählung an. Die ersten Worte sind lapidar: „Das Baby ist tot". Diese scharfe Schreibweise ist überraschend, vor allem, wenn sie scheinbar unbeteiligt das Schicksal der beiden Kinder beschreibt: „Adam ist tot. Mila wird sterben."

Ein Schreiben aus der Ferne

Den Roman mit einer direkten Rede zu beenden, d. h. mit Louises Aufforderung an die Kinder „Kinder, kommt. Ihr werdet ein Bad nehmen", ist bezeichnend für den Wunsch der Autorin, sich von den Ereignissen zu distanzieren und nicht über den Schrecken des Doppelverbrechens zu schwadronieren. In diesem Zusammenhang ist es interessant zu bemerken, dass das letzte Kapitel der Polizistin Nina Dorval gewidmet ist, die mit der Rekonstruktion beauftragt ist: Sie ist es, die gewissermaßen die Erzählung des Verbrechens übernehmen wird. Die Erzählstimme hält sich aus Scham zurück. Diese Distanz erinnert an die kühle Erzählweise von Emmanuel Carrère in seinem Roman *L'Adversaire* (*Der Widersacher*), in dem es ebenfalls um einen Kriminalfall geht.

Verstehen statt urteilen

In *Chanson douce* gibt es nie Sensationalismus. Leïla Slimani verfällt trotz des Schreckens des Doppelmords nie in ein pathetisches Register. Im Übrigen werden nur die für die Handlung nützlichen Details genannt. Die Erzählstimme ist zurückhaltend und vor allem nicht moralisierend. Die Schriftstellerin verurteilt ihre Figur nicht. So ermöglicht es durch die Verwendung einer internen Fokalisierung, die Erzählung auf Louises Gedanken und Gefühle zu beschränken, anstatt sie aus einer Außenperspektive zu berichten. Leïla Slimani hat es selbst gesagt: „Ein Schriftsteller versucht zu verstehen und nicht zu urteilen.”

DENKANSTÖSSE

EINIGE FRAGEN, UM IHRE ÜBERLEGUNGEN ZU VERTIEFEN...

- Haben Myriam und Paul eine Verantwortung für das Drama?

- Kann man Mitgefühl für Louise empfinden?

- Warum konzentriert sich die Erzählung nicht stärker auf die Kinder?

- Inwiefern ähnelt dieser Roman in mancher Hinsicht einer Tragödie?

- Kann man auf Louise die Bezeichnung des tragischen Helden nach Racine im Vorwort zu Andromache anwenden: "weder ganz gut noch ganz böse"?

- Ist der Roman *Chanson douce* eine romantisierte wahre Begebenheit?

- Inwiefern ähnelt der Roman von Leïla Slimani einem geschlossenen Raum?

- Welche Verbindungen lassen sich zwischen *Chanson douce* und *L'Adversaire* von Emmanuel Carrère herstellen?

- Unter welchem Gesichtspunkt kann man *Chanson douce* und *Les Bonnes* von Jean Genet vergleichen?

WEITERFÜHRENDE INFORMATIONEN

REFERENZAUSGABE

SLIMANI L., *Chanson douce*, Paris, Éditions Gallimard, 2016.

Deine Meinung ist uns wichtig!
Hinterlasse doch einen Kommentar auf der Seite
unserer Online-Buchhandlung
und teile Deine Favoriten in den sozialen Netzwerken!

DER QUERLESER

derQuerleser.de

Literatur auf den Punkt gebracht!

Die präsentierten Inhalte werden vom Herausgeber überprüft, dennoch übernimmt dieser keine Haftung für die inhaltliche Richtigkeit, Vollständigkeit und Aktualität der vorgestellten Inhalte.

www.derQuerleser.de

ISBN digitale Ausgabe: 9782808686754
ISBN gedruckte Ausgabe: 9782808698153
Pflichtexemplar: D/2023/12603/1095

Cover: © Plurilingua
Logo: © Graphicrepublic (Freepik.com) und Plurilingua

Digitale Aufbereitung: Primento, der digitale Partner der Herausgeber.